孙子兵法

第十三册

上海人民美術出版社
浙江人民美术出版社

目 录

形 篇 · 第十三册

战 例

李自成不失敌败破明军

编文：张　良

绘画：冯　远

原　文　善战者，立于不败之地，而不失敌之败也。

译　文　善于打仗的人，总是使自己立于不败之地，而不放过击败敌人的机会。

1. 崇祯十五年（公元1642年）四月，李自成领导的农民军取得了朱仙镇大捷后，又回师加紧围攻开封。

2. 周王朱恭枵（xiāo）见外援已绝，就动员城内地主豪绅组织武装，企图负隅顽抗。

3. 开封城高墙坚，李自成有两次攻城失利的教训，就采取围而不攻的策略。

4．农民军在两个月内，将开封周围的三十多座州县一一攻克。开封成了汪洋中的一座孤岛。

5. 同年八月，城内食尽，饥民饿死十分之二三。

6. 九月间，明军见城破已在眉睫，竟不顾后果，在开封城西北十七里的朱家寨口掘开黄河，企图水淹农民军。

7. 李自成发觉后，急令移营高地，但还是有万余人躲避不及，被河水卷走。

8. 九月中旬，大雨连绵，黄河水骤涨，整个开封城被淹没。周王朱恭枵等乘小船入黄河逃跑。

9. 开封城内数万民众大多葬身鱼腹，侥幸存活者也家产尽毁，号泣于屋顶树尖，冻饿待毙。

10. 农民军乘船入城，占领开封。

11. 在农民军初围开封城时，明崇祯帝朱由检就令兵部侍郎孙传庭总督陕西、三边军马，救援开封，孙传庭因兵饷未集，迟迟未出。九月下旬，在朝廷的逼迫下，才匆匆率军出潼关（今陕西潼关东北），赶赴开封。

12. 行军途中，孙传庭得到开封已陷落的消息，就领兵转向南阳（今河南南阳）。

13. 李自成闻讯后，也撤出开封，率军西进，准备迎击孙传庭军。

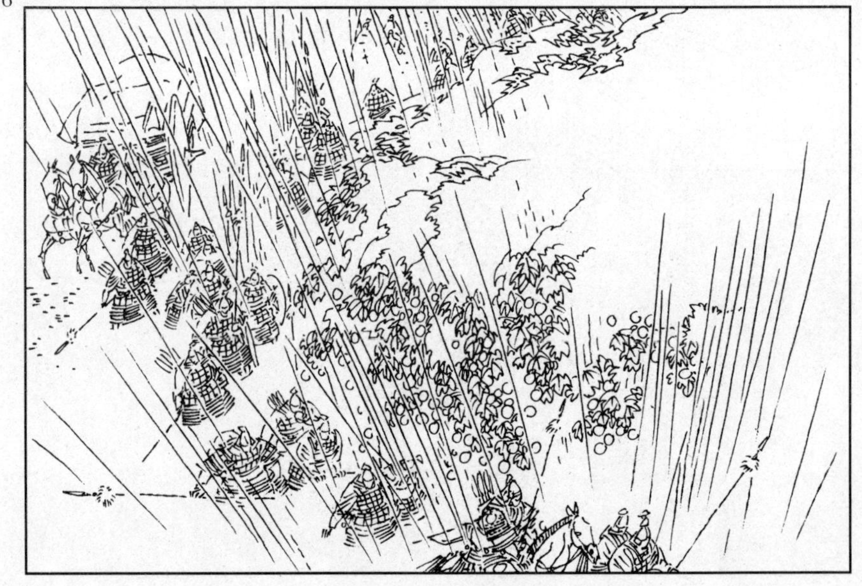

14. 十月，孙传庭军进至郏县（今河南郏县），天降大雨，粮车陷于泥淖之中，无法跟上部队，士兵只好采摘柿园青柿充饥。

15. 这时侦骑来报，李自成已领兵前来，孙传庭令总兵牛成虎率前军诱战，命其只许败，不许胜。

16. 又命总兵高杰、郑嘉栋、左勷（ráng）所率中、右、左三军在山道三重设伏。

17. 牛成虎与李自成部接战不久，就虚晃一刀，佯败后撤，李自成指挥诸将追击。

18. 追不及二里，忽然左右山后鼓声大震，左勷、郑嘉栋两支伏兵一齐奔杀出来。

19. 李自成觉察到已经中了埋伏，但他不露声色，疾思扭转危局，挫败敌人的策略。他立即命令将领分兵迎敌，自己居中沉着指挥。

20. 正酣战间，前方鼓角声又起。高杰率一彪明军直扑李自成中军。佯败的牛成虎也返身赶到，杀入阵中。

21．孙传庭站在高处督战，指挥四支人马协同作战。李自成率将士拼力苦战，但已是首尾难顾。

22. 毕竟敌众我寡，力战难以取胜，李自成知道官军忍饿作战，已疲惫不堪，遂下令向东撤军，并将携带的食物、衣甲，以至金银珠宝一律丢弃。明军见到食物、珠宝，立即向前争夺，队伍顿时大乱。

23. 李自成不失时机地率领义军回师反击。这时，罗汝才也率义军赶到，与李自成军配合，夹击明军。

24. 提包携囊、队伍不整的明官军已无法应战。左勷部率先溃逃，其他各部也立脚不住，跟着败逃。

25. 农民军一路追杀，歼敌数万，击毙将校近百。孙传庭率残卒逃回陕西。

26. 李自成在战争对己不利的瞬间，利用敌方弱点，诱使敌人失误，击垮敌人，使农民军取得了一次又一次重大的胜利。

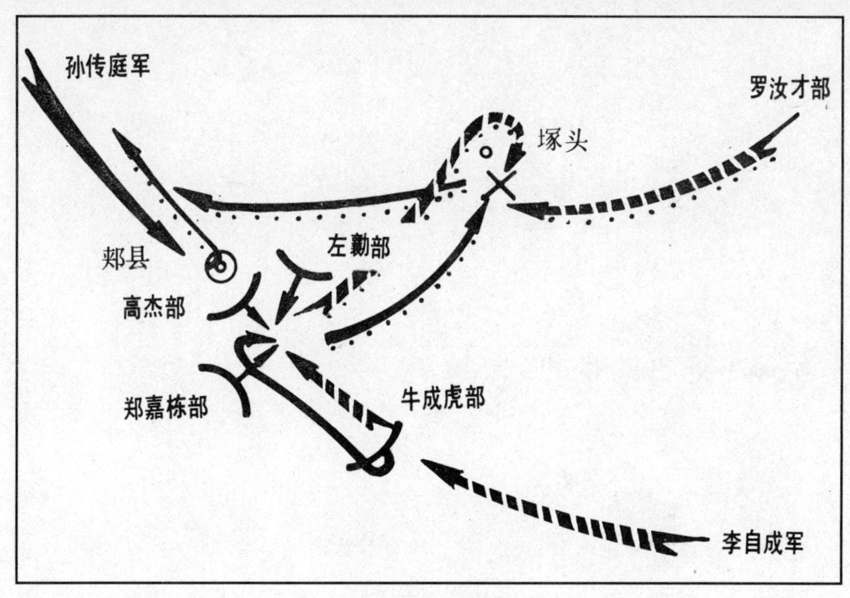

柿园之战示意图

孙　子　兵　法

SUN　ZI　BING　FA

战例

隋文帝弱敌强备灭陈国

编文：即　子

绘画：叶　雄 基　明
泽　德 文　慧

原　文　胜兵先胜而后求战。

译　文　胜利的军队先有胜利的把握，而后才寻求同敌交战。

1．北周大定元年（公元581年），周相国杨坚以“受禅”为名，自立为皇帝，建立隋王朝。杨坚有志吞并江南陈国，统一天下。但是，北方突厥不断南侵，威胁中原，隋文帝因而制定先击突厥，后灭陈国的战略方针。

2. 在隋北击突厥期间，杨坚假意与陈友好，每次捕获到陈国的间谍，非但不杀，还送衣赐马以礼送还。

3. 陈国郢州（今湖北武汉）守将派使到长安请求归降，杨坚以隋陈和好为由，拒不接纳。

4. 为增强国家实力，隋朝颁布新令，奖励农民垦荒耕种，兴修水利，储粮备战。

5. 同时，强化中央统治机构，革弊裁冗，完善官制；提倡讲武，训练士卒。因而隋朝国力日强。

6. 与隋朝相反，南方的陈国却是主昏臣奸。国君陈叔宝（史称陈后主）即位之初，对隋还有所顾忌，多次派间谍潜入隋境打探消息。几经隋朝麻痹蒙骗后，就放松了警惕。

7. 陈后主认为江南有长江天险可恃，隋军无法南渡，就沉湎酒色，不理朝政。国家大事竟交付于太监以及整日与他一起寻欢作乐的狎客处理。

8. 隋取得了对突厥作战的胜利后，就着手准备灭陈。杨坚询问尚书左仆射高颎（jiǒng）有何灭陈妙策，高颎熟思已久，侃侃陈述：“江北地寒，田收要比江南晚，我军可在江南收获时，调集兵力，扬言南袭。

9. “对方必然要征兵守备，这样必然荒废农事。对方兵马调集之后，我方立即收兵解甲从事农作。这样反复几次，陈军便习以为常，我军真正用兵时，对方还会不信，在犹豫之间，我军可突然渡江。”

10. 高颎又说："江南粮仓多用竹木搭成，不同于北方的地窖。可以多派谍卒，因风纵火，烧毁粮仓，等他们修复后再烧，这样不出几年，陈国的财力、物力都耗尽了。"

11. 杨坚听了这个多方误敌，使敌麻痹、困疲，未战先胜的策略大为高兴，立即采纳并实施这一计策。从这以后，陈国的收获锐减，经济困乏，国力更弱。

12. 为渡江作战的需要，杨坚早就派杨素为信州（今四川奉节）总管，训练水军，建造战舰。杨素造的战舰，最大的叫“五牙”，可容八百人，较小的叫“黄龙”，也可容百人。他还有意将造船废料顺流漂下，以威吓陈人，瓦解其军心。

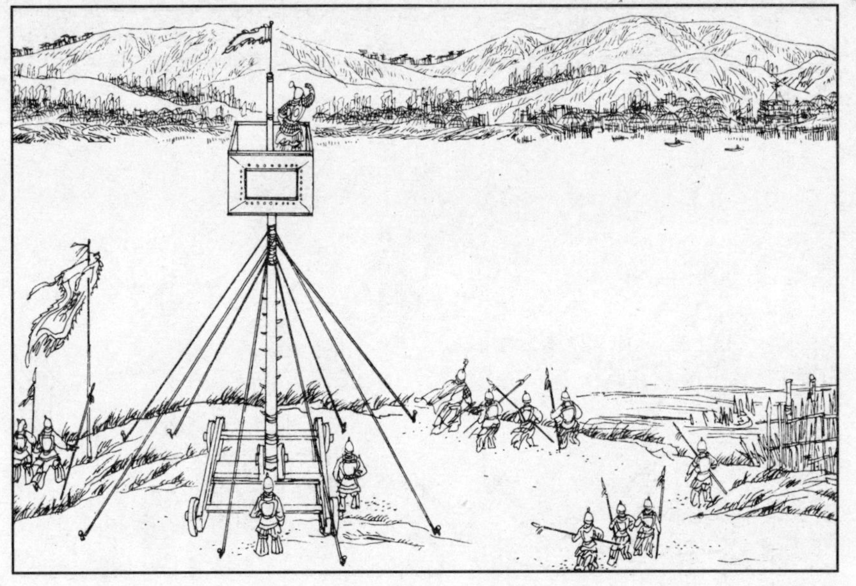

13. 屯兵大江前沿的吴州总管贺若弼也采用麻痹陈军的策略。每次换防都大张旗帜，遍列帐幕。陈军以为隋军将要渡江，便紧张地调兵备战。

14. 陈军探明对方调防，虚惊一场之后刚刚安定，又见江北尘土飞扬，人喊马嘶，只好再次准备迎战。不久又来报说是贺若弼率部在围猎。久而久之，陈军对隋军的行动也就习以为常了。

15. 边境形势如此紧张，而陈后主还是过着醉生梦死的糜烂生活。太市令章华冒死上奏，追述南陈祖先伟绩，指责后主宠信奸佞，排斥老臣，如不醒悟，“臣见麋鹿复游于姑苏矣”！

16. 这是引用春秋时伍子胥谏吴王夫差的话，意思是陈国如不改弦更张，将要像吴国一样灭亡。陈后主认为章华是在诅咒自己，便立即下令将章华斩首。

17. 隋文帝开皇八年（公元588年），杨坚认为战已足备，胜券在握，便采取先声后实的策略，公开下发诏书，列举陈叔宝二十条罪状，向江南散发三十万份，争取江南士民的支持。

18．同年十月，隋文帝任命晋王杨广、秦王杨俊、清河公杨素为行军元帅，由杨广节制各军，左仆射高颎为晋王元帅长史，指挥水陆军五十一万八千人，同时从长江上、中、下游分八路攻陈。

19. 在发兵攻击前，隋把陈国使者扣留在客馆内，陈使多次请求归国，都遭拒绝，唯恐泄密。

20. 十一月，杨坚亲到定城（今陕西潼关西）誓师，宣告攻陈，为出征将士饯行。

21. 十二月，各路军集结于长江北岸的进攻出发地。同时，派遣了大批间谍潜入陈境，进行破坏、扰乱，使陈国军民昼夜惊恐。

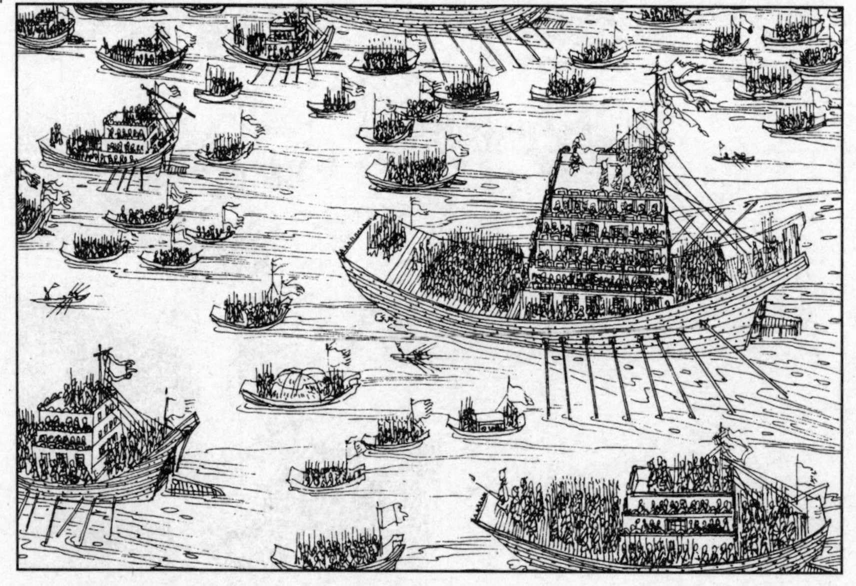

22. 杨素率先统领水师出战，战舰旌旗横亘大江，顺流出峡，直至流头滩（今湖北宜昌与秭归间长江中）。

23. 陈将戚昕率“青龙”战船百余艘坚守下游狼尾滩。狼尾滩地势险峻，易守难攻，隋军将领见后，心生惧意。

24. 杨素对众将说："胜负大计，在此一举，白天进攻容易被陈军察知虚实，不如夜袭。"说完作了周密布置。

25. 第二天夜间，王长袭引步兵自南岸袭击戚昕的别栅，大将军刘仁恩率骑兵自北岸攻击狼尾滩守军，杨素亲率“黄龙”战船数千艘，悄然而下。

26. 黎明，隋军两岸夹击，水陆俱攻，陈国守军还在睡梦中就全做了俘虏，只有戚昕单身脱逃。

27. 杨素休整了一天后，又率上千艘大小舰船沿江而下。杨素坐在帅船头，容貌雄伟。岸上的陈人都害怕地说：“清河公就是江神啊！”

28. 不料，舰队到达岐亭（今湖北宜昌西北西陵峡口），被陈南康内使吕仲肃在江中锁起的三条巨型铁索阻遏。双方十余战，隋军竟不得通过。

29. 杨素、刘仁恩率领一部登陆，配合水军进攻北岸陈军，终于在次年正月击破陈军，毁掉铁索，隋军船队直驶而下。

30. 防守公安（今湖北公安东北）的陈荆州刺史陈慧纪，见大势已去，便烧毁物资，率兵三万和楼船千艘东撤，意在救援建康（今江苏南京）。但是，船到汉口，就被杨俊军阻截，无法东进。

31. 隋军来犯的急报频频传入陈都，但都被朝廷掌管机密的施文庆、沈客卿扣压。他俩诳报后主说，隋军出扰是常事，边防将士能够应付。

32. 当隋军间谍四出活动时，守将建议加强京口（今江苏镇江）和采石（今安徽当涂北）的守备，陈叔宝竟说：“王气在此，北齐三次进攻，北周两次南侵，无不败还，杨坚又能有什么作为！”

33．在一旁的都官尚书孔范迎合着说："长江天堑，自古以来限隔南北，就凭今日敌军那几条破船能飞渡吗？"陈后主听后哈哈大笑。依旧纵酒、赋诗，不问政事。

34．担任下游渡江主攻的贺若弼，停在江岸确实只有五六十艘陈旧的小船，用的战马也大都老羸不堪，但这是故意让陈军谍卒看的，其实快艇精骑早已准备就绪。

35. 隋开皇九年（公元589年）正月初一，杨广到六合（今江苏六合）指挥隋军渡江。贺若弼从广陵（今江苏扬州）、韩擒虎从横江（今安徽和县东南）同时夜渡。

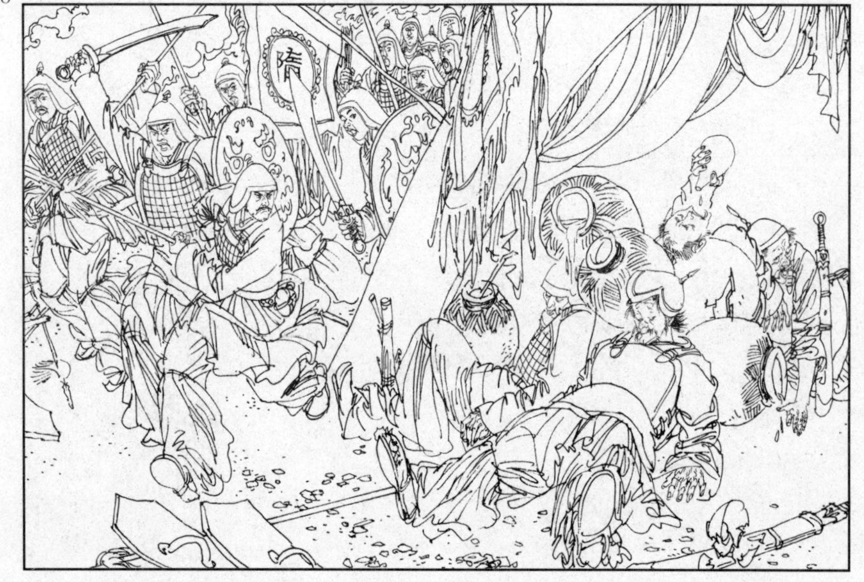

36. 陈国守军因庆贺元会（春节），都喝得烂醉，不能抵抗，隋军轻易地占领了京口与采石。

37. 贺、韩两军急速进军，东西夹击建康，上游隋军也分路而下，建康成了合围中的孤城。

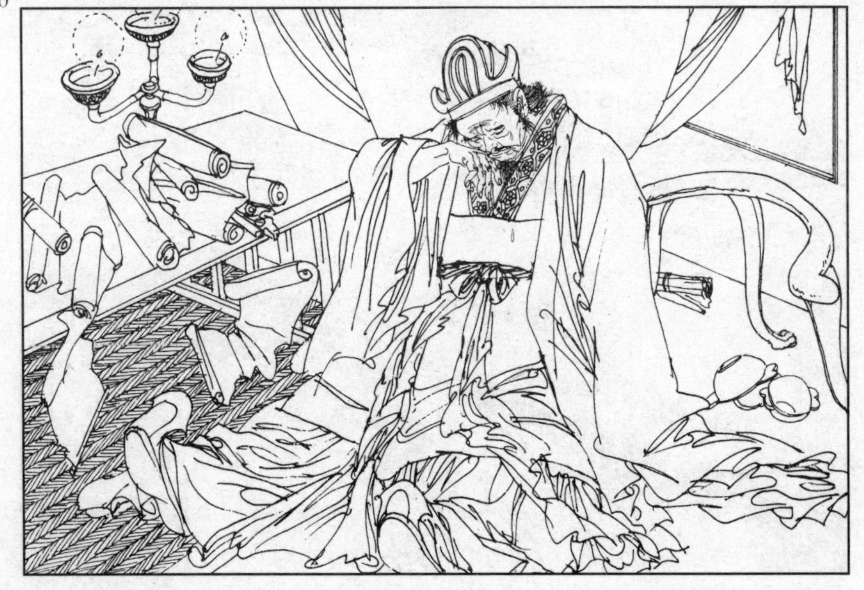

38. 这时陈后主才慌了手脚，虽然他还有不下十万人的军队，却整日啼泣不知如何应付。

39. 正月二十日，陈叔宝既无成算，又无确定统领诸军的统帅，孤注一掷下令出战，在城南布成一字长蛇阵。

40．贺若弼集中兵力先击陈军一部，陈军各军行动互不协调，一部溃败，随即全军瓦解。隋军乘胜攻入建康。

41. 这时，韩擒虎也在朱雀门（都城正南门宣阳门南五里）得手，引军入城。陈后主偕宠妃躲入枯井，被隋军士兵搜出。

42. 其他各地的陈军得知建康已失，陈后主已下了投降诏书，都纷纷解甲归降。隋文帝杨坚在前后不过四个月的时间内，就结束了西晋末年以来近三百年的中国长期分裂的局面，完成了统一大业。

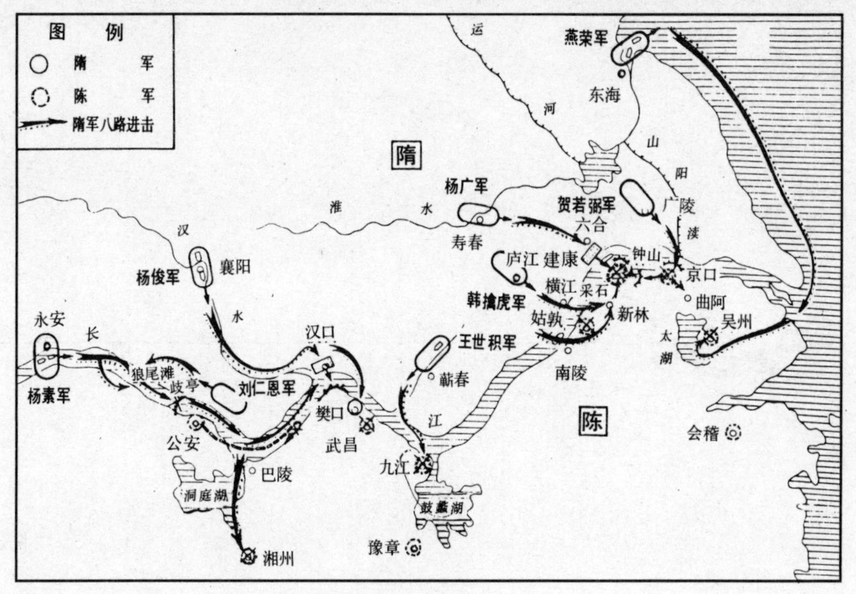
图例
隋军
陈军
隋军八路进击
隋
陈
燕荣军
东海
运
河
山
阳
杨广军
贺若弼军
广陵
淮
水
汉
寿春
六合
渎
杨俊军
襄阳
庐江
建康
钟山
京口
横江
采石
曲阿
韩擒虎军
新林
吴州
姑孰
太
湖
永安
长
水
汉口
王世积军
南陵
狼尾滩
歧亭
刘仁恩军
蕲春
杨素军
樊口
江
公安
武昌
会稽
九江
巴陵
洞庭湖
鼓蠡湖
豫章
湘州

隋灭陈之战示意图

战 例

明英宗侥幸求胜反遭俘

编文：小 尹

绘画：方其林 崔 雅
尹 聂 邵 新

原　文　败兵先战而后求胜。

译　文　失败的军队往往是先冒险同敌人交战，而后企求侥幸取胜。

1. 明正统十四年（公元1449年）秋，北京城不时有边防驿报急驰而来，报告瓦剌军入侵的消息。全城为之惊慌。

2. 自明太祖朱元璋派兵击溃蒙古人以后，蒙古贵族分裂为兀良哈部、鞑靼部和瓦剌部。明正统时，瓦剌部已统一蒙古三部，兵力强大，不时南侵，塞外城堡皆被攻陷。

3. 紫禁城里，面对一日数报的军事失利消息，明英宗朱祁镇急得团团转，忙请司礼监太监王振前来商议。

4. 王振原是从蔚州（今河北蔚县）召进宫当宦官的，因长得机灵，又认识字，宣宗皇帝派他去服侍太子朱祁镇。

5. 宣宗去世，英宗朱祁镇继位，当时才九岁，年幼无知，只是依赖王振，王振逐渐窃取了国家权力。

6. 朱祁镇十六岁时，太皇太后病死，王振在宫中更加无所忌惮，竟公然把明太祖朱元璋用铁铸造的“内臣不得干预政事，预者斩”的大牌从宫中移出，代替英宗处理朝政。

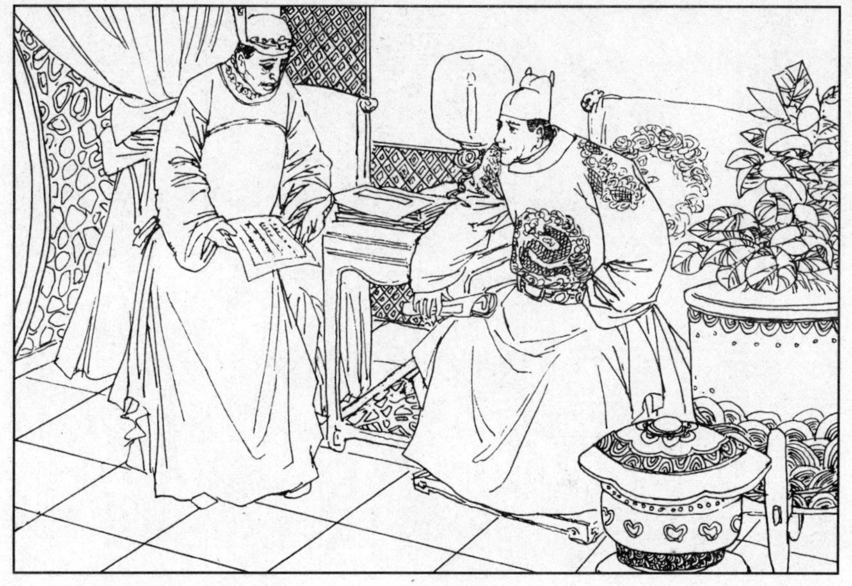

7. 现在朱祁镇已经二十三岁了，仍然事事听从王振摆布，国家大事离开王振，他就不知如何处理。

8. 王振当面投皇帝所好，取得宠信，背后卖官鬻爵，结党营私，使朝政紊乱。而朱祁镇却对他完全信赖，竟不呼其名，只称他为“先生”。

9. 王振来到宫中，见英宗郁郁不乐，竟哈哈大笑道：“区区瓦剌之兵，成何气候。只要皇上御驾亲征，天朝大军一到，瓦剌军肯定望风而逃。”

10. 朱祁镇听王振说得轻松，竟轻率地同意了。一场关系到国家命运的战争，在既不了解敌情，毫无作战方略，又没有足够的后勤准备的情况下，儿戏般地决定了。

11. 朝中的官员们听到这一消息，都大吃一惊，认为这样太冒险。吏部尚书王直率领大小群臣跪在皇宫午门外，恳求收回成命。

12. 兵部尚书邝埜、兵部侍郎于谦也认为，事出仓促，战备未完，不宜轻出。

13．可是英宗听信王振的煽惑，以为自己亲统五十万大军，可以一战获胜，因此竟下令再谏者以煽动军心论处，斩首示众。

14. 第二天，英宗把留守北京的任务交给了他的弟弟郕（chéng）王朱祁钰，亲率兵马，仓促登程。

15. 五十万大军都是临时征集的，将不知兵，兵不习武器。行军时松散拖沓，队形不整。明英宗却以为御驾亲征，瓦剌军必定望风而逃，于是，与王振并辔齐进，一路神采飞扬，好不自得。

16. 大军出了居庸关，经怀来西行，进入山区，道路崎岖，又逢连日风雨，将士都是匆匆应召，还没来得及更换秋衣，单薄的夏装让雨淋得浑身透湿，又冷又困。

17．许多随驾大臣都感到英宗亲临战地，非常危险，不断上表，请求不要冒进。王振哪里懂得军事，不但不听，反而大怒，罚他们跪在草丛中，直至夜暮。

18. 瓦剌首领也先得知明军北进，准备采取诱敌深入的策略，佯作撤军，以待战机。

19. 英宗毫无主见，任凭王振摆布，拖着疲惫的军队到了大同，不经整顿，便命令继续北进。这时军中粮草已接济不上，许多士兵生病饿死，部队一片混乱。

20．也先探知了这些情况，认为时机已到，在两山之间的要冲设下埋伏，一举包围了先锋井源的部队。

21. 西宁侯朱英和武进伯朱冕率军增援，又中埋伏，厮杀了半日，结果全军覆没。

22. 失败的消息传来，英宗十分惊恐，王振也慌了手脚。他本来以为，大军一到，就会把瓦剌骑兵吓走，没料到也先反而大举进攻。

23. 王振的心腹，镇守大同的宦官郭敬看到大事不妙，就悄悄地告诉王振，建议撤兵。王振急忙下令向蔚州退却。

24. 蔚州是王振的老家，几年来他已经用巨款在蔚州建起了高大的府第，想把皇帝请到自己家里住几天，以显示自己的荣耀和威势。

25. 人马出大同城四十里，王振忽然想到五十万大军经过蔚州，势必要损坏当地的田园，于是改变主意，下令改道北上，由北路回师。

26. 时值八月，天气干旱。五十万人马断了粮草，又饥又渴，拥挤践踏，一路上尸骸狼藉，惨不忍睹。

27. 也先得知明军溃退，急率两万精骑越过长城，跟踪追击。明军绕了一个大弯，耽误了时间，在宣府（今河北宣化）被瓦刺军追上。

28. 王振慌忙派成国公朱勇带三万骑兵抵御，又被瓦剌兵击溃，朱勇战死，全军覆没。

29．此时，明军已到距怀来县城二十里的土木堡。王振发现自己从大同搜括来的一千多车财物没有到达，竟下令全军在土木堡就地扎营等候。

30. 土木堡附近地势较高，干燥无水，十五里外的水源已为瓦刺军控制。将士们经过长途跋涉，都渴得嘴唇开裂，咽喉冒火，却找不到水喝。

31. 士兵为了取水，就地掘井，可是一连掘了几处两丈多深的大井，也没有得到一滴水。

32. 兵部尚书邝埜得知也先率两万骑兵杀向土木堡，并已开始向明军迂回包抄，唯恐英宗有失，两次奏请英宗先退入怀来，都被王振压下不报。

33. 邝埜见情势危急，硬闯行宫，欲当面启奏。王振派人拦住，破口大骂："腐儒无知，懂得什么军事。再胡说八道，煽动军心，立即斩首。"

34. 邝埜在行宫门外和几位老臣抱头痛哭。

35. 第二天拂晓，也先亲自率领瓦剌骑兵向土木堡发起冲击。明军都指挥使郭懋等人拼死力战，以重大伤亡的代价，挡住了瓦剌军。

36. 八月十五日清晨，也先佯退，派人讲和。英宗和王振喜出望外，急忙遣使去和也先商定议和条款，无条件接受也先提出的所有要求。

37．王振见也先答应讲和，信以为真，立即传令移营就水。明军数十万将士接到命令，争先恐后地向河边飞奔。

38. 也先见明军大乱，立即出动铁骑，从四面向明军合击。精锐的瓦剌骑兵像冲进密集的羊群一样，用长矛、大刀把明军成片砍倒。

39. 土木堡和狼山脚下，顿时变成了一片血海。瓦剌骑兵的喊杀声，明军的惨叫声，汇成一片。

40. 护卫将军樊忠见明军全线崩溃，气得须发倒竖，高喊道：“我为天下诛此贼！”一锤把王振的头颅击碎。

41. 英宗见败局已定，无法逃脱，便在草地上盘膝向南而坐，被瓦剌军轻而易举地俘虏了。

42. 土木堡一战，王振误国，轻率进军，造成明英宗朱祁镇被俘，数十万军队被歼，五十余名从征文武大臣死难。历史上把这次战役称作“土木之变”。

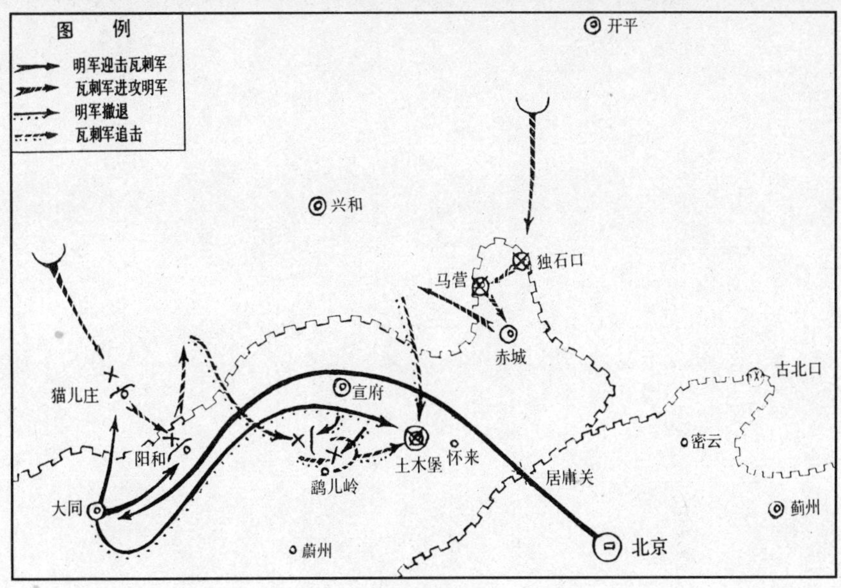

图　例
明军迎击瓦剌军
瓦剌军进攻明军
明军撤退
瓦剌军追击
开平
兴和
独石口
马营
赤城
古北口
猫儿庄
宣府
阳和
土木堡
怀来
密云
居庸关
鹞儿岭
大同
蓟州
蔚州
北京

土木堡之战示意图

孙子兵法（第十三册）